최일화 시집

시인 안에 북적이는 찌꺼기들

시선 193

시인 안에 북적이는 찌꺼기들

인쇄 · 2024년 7월 10일 | 발행 · 2024년 7월 16일

지은이 · 최일화
펴낸이 · 한봉숙
펴낸곳 · 푸른사상사

주간 · 맹문재 | 편집 · 지순이, 김수란, 노현정 | 마케팅 · 한정규
등록 · 1999년 7월 8일 제2-2876호
주소 · 경기도 파주시 회동길 337-16(서패동 470-6) 푸른사상사
대표전화 · 031) 955-9111(2) | 팩시밀리 · 031) 955-9114
이메일 · prun21c@hanmail.net
홈페이지 · http://www.prun21c.com

ⓒ 최일화, 2024

ISBN 979-11-308-2163-4   03810
값 12,000원

본 도서는 인천광역시와 (재)인천문화재단의 '2024 예술창작지원사업'으로
선정되어 발간되었습니다.

푸른사상
시선

193

시인 안에 북적이는
찌꺼기들

최일화 시집

푸른사상
PRUNSASANG

산책하다가
공원 벤치에 앉아
우두커니 생각에 잠기곤 한다.

삶의 여정을 안내하는 이정표,
온몸의 열기를 식히는
한 줄기 바람,

출렁이는 생각의 물결 속에서
낚아 올리는 한 마리의 감동,
한 스푼의 재미,

그것이 나의 시다.

2024년 7월
최일화

| 차례 |

■ 시인의 말

제1부 창과 꽃병

제2부　시인 안에 북적이는 찌꺼기들

제3부   먼 것이 참 많다

제4부   못다 한 숙제

제1부

창과 꽃병

방정식

사랑한다는 말을 했더니 그녀가 떠나버렸다
사랑한다고 말하는 건 위험한 일

날갯짓하는 새를 붙잡아놓거나
사방으로 튀는 공을 붙잡으려다 놓치고 마는 것은
새에게는 새의 마음이 있고
공에게는 공의 자유가 있기 때문이다

새의 영혼과 공의 본성은 존중되어야 한다

시가 태어나는 때가 있는 것처럼
새가 알을 까고 나오는 시간이 있는 것처럼
사랑한다고 말하려거든 때를 맞춰야 한다

앉으려는 새는 결국 곁에 날아와 앉는다
날갯짓하는 새를 붙잡아놓으면
초라하게 깃털 빠진 껍데기 하나 잡힐 뿐이다

그것은 방정식의 정답이 아니다

참회록

아름다운 봄노래 곁에 두고 들으려고
새끼 새 데려와 함께 지내기로 했네
둥지에서 아기 새 데려올 때 어미 새 울음소리
들을 겨를도 없었네

목마르지 않게 물을 주고
배고프지 않게 끼니를 챙겼지만
더디더디 자라다 아기 새 짧은 생을 마감하고 말았네

나이 들어 알았지
옛 어른의 말씀을 듣다가 알았네
물을 주는 게 아니라
때맞춰 끼니를 챙겨주는 게 아니라
어미 품의 온기와 날아오를 하늘을 주어야 한다는 것을

어미 새의 노래 듣고 자라야
창공에 노래하는 음유시인* 된다는 것을

* 윌리엄 워즈워스의 「종달새에게」에서

14

창과 꽃병

창 앞에 꽃병
색색의 꽃들로 화사하다

꽃병을 치우자
빛깔과 향기가 우르르 따라간다

창 앞이 환하다
아무런 빛깔과 향기도 없다

창의 자리에 혼자 있는 창
비로소 창은 창이 되었다

시시포스의 돌

시시포스의 돌을 굴려 올리듯
시를 짓는다

몇 해를 굴려
언덕 위에 올려놓으면
다시 굴러떨어지는 돌

또 하나의 돌을
굴리고 있다

저 언덕 위로 올려놓는 날
열한 번째 돌
저 아래 골짜기로 다시 떨어지리라

원석(原石)

당신은 가공되지 않은 돌
보석을 품고 있다는 사실조차 모르고 평생을 살았다
당신 떠나고 당신이 원석인 걸 비로소 알았다
당신은 떠나며 보석으로 태어나야 할 과제를 남겨놓았다
세상을 하직하며 한 개 원석으로 남은 사람
저승으로 떠나며 남겨놓은 원석들로 세상은 가득하다
더러는 가공되어 빛을 발하고
또다시 원석으로 남는 저 돌을 이제 다듬어야 할 때
망치로 두드리고 정으로 쪼아 당신을 당신의 자리에 앉히
는 일
당신이 남겨놓은 돌 속에서 어서 보석을 캐내야지
비로소 저 투박한 돌이 생명이 되고 빛나는 정신이 되려면
얼마나 많은 불면의 밤을 보내야 할지
얼마나 더 많은 인고의 날들을 견뎌야 할지
당신 남겨놓은 돌을 다듬어 미완의 당신을 완성시켜야지
저 돌 속에서 빛나는 보석 캐내는 것은 당신을 되살리는 일
당신을 지상의 한가운데로 다시 모셔오는 일

한 끼니

끼니때마다 신 김치와 시금치나물만 올라와 얼른 숟가락 들기가 내키지 않을 때, 숟가락을 들다가 다시 내려놓고 상을 물리고 싶을 때 얼마나 맛에 길들여졌는지 한 번쯤 되새겨볼 일이다. 맛을 얻기 위해 밥을 먹는 게 아니라는 것, 매 끼니 꿀맛 같은 식사만 해야 하는 건 아니라는 것, 밥 한 숟가락을 입에 넣고 콩나물 반찬이나 시래기나물 한 젓가락과 함께 꼭꼭 오래 씹으면 좋은 한 끼 식사가 된다. 닭고기 볶음이나 쇠고기 반찬이 아니라고 투덜거릴 필요는 없다. 숟가락을 내려놓지 말고 밥 한 공기 다 비울 것을 추천한다. 입안이 뻑뻑하다 싶으면 김칫국물 조금 떠 넣고 다시 꼭꼭 씹으면 된다.

밥맛이 없다고 느낄 때 자신도 모르게 단맛에 중독됐을 수도 있고 식사는 원래 맛이 있어야 한다는 통념에 사로잡힌 것일 수도 있다. 끼니마다 꿀맛 같던 적도 있었겠지만 매번 맛있는 식사를 고집할 필요는 없다. 찬물에 밥을 말아 물김치나 깍두기 몇 개면 색다른 맛이 우러나와 뒷맛이 개운

18

하기도 한 것이다. 옛날에 사촌 누이가 보리밥에 소금만 조금 넣고 비벼주어 맛있게 한 끼 식사를 한 적이 있다. 고추장에 썩썩 비벼 열무김치 곁들여 먹는 것도 좋은 방법, 뜻밖에 한 끼 식사 잘 하고 뿌듯하기도 할 것이다.

잃어버린 시

딴 데다 정신 팔고 삭제를 눌렀다가
열흘 넘게 공들여온 시 한 편을 잃어버렸다

최면을 걸어 기억을 더듬지만
깨진 말들만 어지럽게 널려 있다

흩어진 낱말들을 허겁지겁 맞춰보지만
회복이 불가능한 시의 행간들

시엔 설계도면이 없는데
삶엔 대입해볼 아무런 공식이 없는데

산산이 부서진 시 하나
아득하게 멀어져간 생각 하나

반 박자 느린 사람

나는 반 박자 느린 사람
누군가는 게으른 것이라 하고
무능하다고도 하지만
매사에 다반사로 반 박자 느리다
반 박자 늦게 걷고 반 박자 늦게 도착해
낭패를 보기도 하지만
빨라야 할 때는 또 빠르기도 해서
초등학교 운동회 때는 상도 타고
릴레이 선수로 뽑히기도 했다
시골뜨기라 그런가 생각도 해보지만
나보다 두세 배 빠른 시골뜨기도 있는 걸 보면
꼭 그런 것도 아니다
반 박자 빠르기만 했다면
아니 남과 같은 보폭으로 걷기라도 했다면
모든 것은 달라졌을 것이다
반 박자 느리게 걸었기에
뒤에 처져 걷고 있는 시를 만났고
남들은 거들떠보지도 않는 시와 함께
느릿느릿 걸어 예까지 왔다

성역(聖域)

어려서부터 잘하는 것이라곤
산과 들 쏘다니며 새들의 노랫소리를 듣는 거
눈 내리기 전 토끼의 겨울 양식을 비축하는 거
알파벳을 처음 배워 고향 집 담벼락 여기저기에 낙서하는 거

배운 도적질로 밥벌이를 하다가
늘그막에 낯선 일에 도전했다가
힘이 부쳐 그만 털썩 주저앉고 말았다

함부로 덤비다간 큰코다친다는 것인가
기력이 있을 때까지 움직여 일을 하겠다는 다짐이
함부로 덤빈 꼴이 되고 말았다

들쥐가 땅속에 집을 지어 겨울을 나고
쑥부쟁이가 산책길에 무더기로 피어난 것도
하늘의 오랜 숙고에서 비롯되었고
사상적 배경과 역사적 근거가 있다는 거

모든 도적질엔 견고한 성역이 있다는 거
뉴턴이 어느 날 갑자기 셰익스피어가 될 수는 없다는 거*
늙은 동료들에게 새참 한 보따리 날라다 놓고
패잔병처럼 휘청거리며 나는 돌아왔네

* A newton can not become a shakespeare : 뉴턴과 같은 과학자는 셰익스
  피어와 같은 극작가가 될 수 없다.(사람의 타고난 재능을 나타낼 때 관
  용적으로 쓰이는 표현)

삐뚤어진 코

온몸에 촌티가 흐르던 스무 살 무렵
기차를 타고 목포로 가서 배를 탔다
거센 풍랑 때문에 하룻밤 묵어 갔다
사십여 일 방랑하는 동안
한 젊은 주정뱅이와 싸움이 붙어 코뼈가 부러졌다
병원에도 못 가고 부기가 빠져 코는 삐뚤어졌다
그때 이후로 삐뚤어진 코를 붙이고 살고 있다
늘그막에 거울에 비친 코를 본다
가물가물 먼 젊은 날의 방황
한 시인이 술자리에서 내 코를 빤히 바라보며
삐뚤어진 시를 쓰지 않을까 걱정했지만
삐뚤어진 코 때문에 삐뚤어진 시를 쓴 건 아니다
삐뚤어지지 않은 코를 상상하는 일은 이제 부질없다
탐라국의 그 보헤미안도 노후에 들었으리라
자식들 다 키워놓고 백발이 되어
할아비 노릇하고 있을 것이다
코뼈부터 쇄골까지 손가락뼈부터 엉덩이뼈까지
여기저기 골절의 흔적

몸과 마음에 크고 작은 상처 자국
삶의 이 남루한 흔적들 종래엔 모두 사라지고 말리라
모든 상처 자국도 귀한 삶의 한 부분
보배로운 생명현상이니
그러려니 하고 감사하며 살고 있다

* 한 친구가 이 글을 보고 내 코를 빤히 들여다보더니 "많이 삐뚤어지진
  않았네" 했다.

치열한 전투

연애는 대체로 비밀이지만
각별하게 비밀을 지켜야 하는 연애도 있다
아벨라르와 엘로이즈*의 경우
아무리 손색없는 연애라 해도 숨어 있었으면 더 좋았을
텐데
낮말은 새가 듣고 밤말은 쥐가 듣는 바람에
신은 죽었다고 선언되기도 전이었으니까
로테와 베르테르처럼
유효기간이 만료되기도 전에 풍파를 일으키거나
로미오와 줄리엣처럼
사람들 입방아에 오르내리는 경우도 있지
유효기간이 지난 연애는 한 그루 꽃나무처럼
무수한 초록 속으로 섞여 들어야 하는데
가을날 바닷가 모래성의 뒷자리처럼
들판의 텅 빈 새 둥지처럼
연애의 뒷얘기 찬바람 속에 덩그러니 남는 것은 쓸쓸한 일
불멸의 산정에 높이 오른 이야기와

뜨거운 불길에 담금질된 비경이 하나 남게 되지만
중세를 뜨겁게 달구었던 아벨라르와 엘로이즈의 경우
그것은 신과 인간의 치열한 전투였네

* 중세 프랑스의 고위 성직자와 한 젊은 수녀의 이름.

팀 추월 경기를 보며

안 늙을 것 같은 내가 많이 늙었다
나보다 더 늙은 사람보다 더 늙은 것은 아니지만
팔팔하게 산에 오르던 나보다는 얼마나 더 늙은 것인가
마음은 청춘이지만 몸은 늙었고
이제 늙은 몸으로
더 늙은 나를 준비하며 살아야 할 때
몸은 늙었는데 마음은 청춘이라는 말은
아직 늙지 않은 사람이 하는 말
고향 집은 이미 폐가가 되고
함께하던 사람들 곁을 떠나 빈자리가 늘어가는데
젊은 사람 하는 일 따라 하려면 힘에 부치고
눈이 침침하고 팔다리가 저린데
몸이 마음을 따라가지 못할 땐 마음이 몸을 따라가야지
마음이 몸보다 앞서가고
다시 몸이 마음보다 앞서가며
앞서거니 뒤서거니 서로 이끌어주며
꽃 피는 동산 낙엽 지는 거리를 함께 걸어야

한 번도 피워보지 못한 꽃도 피고
빛나는 금메달도 목에 걸 수 있는 것이다

* 팀 추월 경기(Team Pursuit) : 스피드 스케이트 경기의 한 종목. 3인 1조
  가 되어 맨 나중에 들어오는 선수를 기준으로 기록을 재서 승부를 결
  정한다.

아무도 몰래 꺼내보는 그 마음

새것 같은 물건으로 넘쳐나는
아파트 단지의 리사이클 하우스

철사 줄 한 토막 비료 포대 한 개도
귀한 살림살이 도구였던 시절 엊그제 같은데
수북이 쌓인 책들이 쓰레기 되고
멀쩡한 전자제품 윤기 나는 책상 소파도 그냥 쓰레기가
된다

　─아저씨 이거 재활용되나요
　─재활용은요. 그냥 갖다 버립니다

오래 더 써도 좋을 것 오래 더 쓰면
파키스탄 홍수를 옛날의 홍수로 돌릴 수 있을까
저 캐나다 산불 오래전의 산불로 돌려놓을 수 있을까

활짝 핀 봄꽃들이 미심쩍고
지난겨울의 낙엽도 우리들의 겨울옷도

온통 쓰레기가 되는 봄

순박하던 날의 일들은 잊히고 있다
쓰다 만 새끼줄 한 토막도 귀한 것이던 시절의 마음
아무도 몰래 혼자 꺼내보는 그 마음

해바라기의 비명

사시사철 그 나라엔 해바라기*가 핀다
서리 내리고 함박눈 내려도 한결같이 핀다

일용할 빵이 되고
고요한 들녘 평화로운 풍경이 되던 꽃

무너진 아파트에서 필사적으로 피난 짐을 싸던 날은
눈발 어지럽게 날리던 날이었다

악마의 저주처럼 피어오르는 포연
비명이 일상이 되고 악몽이 괴질처럼 번지는 곳

마리우폴의 몸통에서 돈바스의 사지에서
역사의 강 붉게 물들이는 검붉은 피

천지를 찢는 포성 울부짖듯 나부끼는 눈발
인류의 심장에서 목숨이 연일 폭발하고 있다

* 해바라기 : 우크라이나의 국화.

제2부

시인 안에 북적이는 찌꺼기들

발원지

시를 쓰는 것은
고상한 정서의 발현이라고
그윽한 사상의 구현이라고 믿었지만
그게 아니라는 걸 나이 들어 안다

사랑은 생사의 문제처럼 절실한 것이라고
특별한 지점에 있는
고귀한 영역이라고 여겼지만
맹신의 오류였다는 걸 늘그막에 겨우 안다

생의 하류에 와서 돌아보니
시도 사랑도
일상의 잡다한 것과 닮아 있고
저잣거리 소음과 먼지 속에 섞여

허덕이는 노심초사 속에
고심하는 불면의 밤에
일터에서 돌아오는 고단한 퇴근길에
은둔처럼 싹이 트고 샘물처럼 발원하는 것을

가을 숲에서

가을 숲에 들어앉아 있네
흐지부지되었던 옛날의 미련이 잠깐 다녀가고
알 수 없는 미래가 다가와 안부 인사를 건네고
오래전 악몽이 찾아와 잠시 곁에 머물러 있네

나는 옛날의 꿈의 조각들을 불러 모아
다시 맞춰보기도 하네

개미가 쿵쿵거리며 발 냄새를 맡다가 가던 길 내처 가고
작은 새 한 마리 찾아와 반갑게 인사를 하다가
내가 소년이었을 때 좋아하던 새를 기억해내고는
얼른 나뭇잎 사이로 몸을 숨기네

나는 흘러간 옛날 쪽으로 시선을 돌리며
왼쪽 다리를 오른쪽 무릎에 얹고
다시 오른쪽 다리를 왼쪽 무릎에 얹으며
가시밭길 지나 돌밭 길 걸어온 먼 길 뒤돌아보네

바람과 나뭇잎 왁자지껄 소란스러울 때
내 마음 다 안다는 듯 흰 구름 몇 송이 높이 떠 있고
산에서 들에서 가을은 둥글게 여물고 있네

시인 안에 북적이는 찌꺼기들

우수마발이 다 시가 될 수 있지만
그냥 시가 되는 것은 아니고
한 그루 모란의 뿌리가 봄을 만난 듯해야 비로소 시가 된다

우주에 우주 쓰레기가 가득하듯이
시인 안에 북적이는 찌꺼기들
시가 될 수도 있었는데 끝내 되지 못하고
머리에서 가슴으로 어지럽게 날아다니는 것들

시인은 언제 태어나
정처 없이 우주를 떠도는 것인가
저렇게 집 한 채씩 지어놓고
풀벌레처럼 들어앉아 노래하며 살아가는 사람들

천사인지 마귀인지 모를 날개를 달고
밤을 낮 삼아 떠돌기도 하고
문둥이끼리 반갑듯이 시인들끼리는 서로 반갑다

알고 싶지도 않고 모르는 게 낫기도 한
마음이 많이 상한 사람들
갈대처럼 바람에 흔들리며 꽃을 피우는 사람들

시인이 무엇인지도 모르고
멋모르고 시인이 되고 싶어 시 하나 등불 삼아 살아왔으니
참 바보처럼 살았네

난 참 바보처럼 살았구나
시인 안에 시 아닌 것들 가득하고
추운 날 쓰레기 더미에서 시를 뒤적거리며

성스러운 영원
— 독거노인 순회 방문 보고서

죽음의 행방을 찾기 위해
아들딸 얼굴도 잊어버리고
웃고 울던 날들 탕진한 채 반지하 방에 누워 연명하지만
행방을 감춘 죽음은 좀체 모습을 드러내지 않는다

신의 가호 아래
존엄한 생명 온 고을에 선양하며
하루하루 이어가는 고달픈 목숨에게도
천사의 나팔소리 같은 한 아름 축복의 꽃다발
갈망하던 소망이 성사되기도 한다

이승의 어떤 영광보다
되찾은 소망이 더 값지고 소중한 것은
귀한 생명의 홍보대사를 충실하게 마치고
생로병사의 전 과정을 명예롭게 완성했기 때문이다

몸에 남은 극소량의 생명까지 다 태워
신의 제단에 바치고
비로소 되찾은 성스러운 영원이기 때문이다

절집을 나온 사람

바랑 하나 짊어지고 일주문 나설 때
절 마당에 가득하던 정적
나가고 싶은 마음과 눌러앉고 싶은 마음 다투다가
나가고 싶은 마음 따라 절집을 나온 사람

아주 떠나지는 못하고
마음 하나 절집에 두고 온 사람
나와서도 다시 들어가고 싶은 마음
다시 들어갈까 말까 망설이는 마음

옷자락에 그늘이 달라붙어 있어서
흘러가는 구름도 추스르지 못하고
청산의 바람도 그 그늘 달래주지 못해
절집 하나 둘러메고 정처 없는 사람

만삭의 소래산

소래산* 봉우리에 봄소식 들리는데
만삭의 임산부 하나 산을 오르네
셰르파의 등짐보다 무거운 저 만삭

호기심과 불안으로 외면하지 못하는 등산객들 사이로
입덧하는 까치의 비릿한 구역질이 새어 나오고
봄맞이에 분주하던 떡갈나무도
비탈에 몸을 곧추세우고 조심스레 산길을 살핀다

한 번도 잉태해본 적 없는 사내들은
연실 고개를 조아리며 눈을 떼지 못하고
암산양이 바위 절벽 오르듯 비탈길 오르는 저 만삭

아랫배를 지긋이 받쳐 들고
산티아고 순례 길의 성 야고보
티베트 승려의 오체투지처럼 경건한 저 일념

멀리 남녘에서 소래산 중턱까지 찾아온 봄
산고 끝에 생명 하나 태어나면
온몸으로 오르던 소래산에도 생명의 봄이 만개하리라

소래산은 지금 만삭이다

* 소래산 : 인천시 남동구와 시흥시 사이에 있는 산.

재난 경보

사거리에서 고양이 교통사고가 났다
납작하게 짓이겨진 머리와 몸통을
집게를 들고 가 겨우 수습할 수 있었다
뜨거운 아스팔트에 눌어붙은 내장을 수거하고
으깨진 두개골을 주워 담아 가까운 숲으로 올라가며
고양이를 위해 기도를 해주고 싶었다
극락왕생을 기원해야 할지
다음 생엔 부디 애완묘로 태어나라고 해야 할지
좀체 기도가 떠오르지 않았다
조물주에 의해 창조되어
사람과 함께 아파트 단지에 살면서
한 번도 사람에게 해코지하지 않던 길고양이
어슬렁어슬렁 아파트 화단과 담장
바퀴와 바퀴 사이를 떠돌다가
왜 뜨거운 한낮 납작하게 눌어붙어 생을 마감한 것인지
땅을 파고 시신을 안치하고 봉분을 만들 때까지
고양이에게 해줄 기도는 떠오르지 않았다
아무런 기도도 하지 못하고

마음속으로만 좋은 데로 가라고 입속말을 하고
숲길을 내려오는데 재난 경보가 날아들었다
고양이의 죽음을 애도하는 조전(弔電) 같았다
오전 11시 폭염주의보 발령
시민 여러분 낮 동안 야외 활동을 자제해주세요
물을 자주 마시고 뙤약볕에 오래 머물지 마세요

코로나 나이테

나무들이 강추위와 폭설을 견디듯
우리는 코로나 바이러스를 견디고 있다
이 겨울 다 지나면
우리 몸에 혹독한 계절의 나이테 하나 두르지
둥근 나이테에 새겨질 불안과 공포의 자국들
힘겨웠던 날들의 사랑과 고뇌
지금은 사회적 거리 두기와 마스크로 견디는 시간
나뭇잎 떨구고 나목으로 서 있듯
알몸으로 서서 우리가 얼마나 무력한지 깨닫는 시간
어떤 역경을 뚫고 인류가 살아왔는지 뒤돌아보며
다시 일어서려고 애쓰는 시간
졸업식을 생략하고 입학식을 연기하며
온갖 축제를 취소하고 혼례를 미루는 계절
꽃 피어도 핀 것 같지 않고
철새 날아와도 봄이 온 것 같지 않은
온 세계가 죽음의 숫자를 세며 참혹한 계절을 견디고 있다
경제성장률을 낮춰 잡고

국제선 여객수가 96% 급감한 시간

언제 올지 모를 봄을 기다리며

엄동설한에 붉은 나이테 하나 온몸에 두르고 있다

너는 봄이다

가을이 채 가기도 전에
분주히 떨어져 내리는 낙엽 사이로

갈걷이 채 끝나기도 전에
겨울 철새 저 들판에 돌아오기도 전에

대지는 이미 꿈에 부풀고
지는 낙엽과 함께 잎은 또 돋아나고

내려 쌓이는 폭설 그 빙원의 매서운 칼바람 저쪽
나의 봄은 거기 날 기다리고 있다

몰아치는 눈보라 살을 에는 칼바람 속에서도
꽃잎은 다투어 피어나고

너는 봄이다
지금 저만치 외로운 봄

폭설 더불어 겨울이 채 오기도 전에
나의 봄은 거기 날 기다리고 있다

노인과 마담

노인 하나 다방에 앉아 창피스럽다며 투덜댄다

막역하게 지내는 젊은 마담이 의아한 눈빛으로

뭐가 그렇게 창피스러우세요

노인이 잠자코 있다가 하는 말이

빌딩 하나 짓다가 빌딩도 잃고 사는 집도 날릴 판이여

마담은 의아스러워 잠자코 있다가

사장님은 좀 손해를 봐도 끄떡없으실 텐데 뭘

노인은 눈길을 내리깔며 커피 한 모금 마실 뿐이다

이번엔 아마 타격이 컸나 보다

그동안 얼마나 기고만장했던가

마담의 눈에도 그 오만방자가 밟히던 터라

이제 사람 한번 되려나 싶은데

돈이 세상의 날벌레를 불러들이는 데는 좋은데

사람이 되는 데는 별반 소용없다는 걸 마담은 알고 있다

참 좋은 기회로군 생각이 드는데

노인은 생각에 잠겨 두 눈 내리뜨고 말이 없다

그동안 뿌리고 다닌 돈이며 그 돈의 출처가 안갯속이다

건강마저 돈의 힘으로 챙겨온 것 같았다

살던 집까지 그냥 날려버리세요

자식들 다 컸는데 그까짓 늙은 몸뚱이 거지가 되면 어때

쾌재를 부르는데

노인은 말없이 커피 한 모금 마신다

옆에서 이 광경을 보고 있던 중년의 한 남자는

노인의 눈빛에서 번쩍 섬광이 빛나고

시원한 바람 한 줄기 노인의 머릿결을 훑고 지나가더라며

이튿날 마담에게 커피 한잔 샀다는 후문이다

둥근 섬

사랑은 꽃이 피듯 하는 것인데
꽃이 피듯 그렇게 사랑할 수 없는 걸
왜 사랑을 하지 못한다고 밤잠을 이루지 못하는 거니

사랑할 수 없으면 사랑하지 않으면 되고
언제까지라도 기다렸다가 사랑할 수 있을 때

초승달이 자라 보름달이 되거나
꽃망울이 터져 세상이 환해질 때 사랑하면 되는 것인데
왜 사랑할 수 없는 걸 사랑하지 못해 안달을 하니

누가 마음에도 없는 사랑을 하라고 하니
미워하는 마음이 스멀스멀 올라와
가래로도 막지 못한다 해도 그걸 어떡하겠니

누구에게나 증오할 권리는 있는 것인데*
미움도 마음대로 할 수 있는 건 아닌데
사랑할 수 없는 걸 사랑하라고 하고

용서할 수 없는 걸 자꾸 용서하라고만 하면 어떡하니

사랑할 수 없으면 그냥 사랑하지 말고
용서할 수 없으면 조용히 용서하지 말고 지내다 보면
서쪽 하늘에 별 하나 돋아나기도 하지 않겠니

산골짜기 시냇물 졸졸졸 바다로 가고
푸른 바다 저 멀리 둥근 섬 하나 떠오르기도 하지 않겠니

* 심보선의 시 「오늘 나는」에서.

보편적인 너무나 보편적인

시험 감독을 하던 때가 있었다
감독을 하며 문제지를 잠깐 들여다보았다
─사람은 왜 직업을 갖는가
시험이 끝나고 한참 후에야 정답을 알았다
─경제생활을 하기 위해서,
─사회에 이바지하기 위해서,
─자아실현을 위해서,
십 대 학생들이 맞춰야 할 정답이었다
그날 이후 선거 유세하는 사람을 보며
저 사람은 선거에서 승리하면 얼마나 벌지
어떻게 사회에 봉사하고 자아실현을 하는 걸까
포장마차에서 술을 마시며
저분은 한 달에 얼마를 벌지
어떤 방식으로 사회에 이바지하는 걸까
컴퓨터 수리점에 가서도
건설 현장 노동자를 보면서도
사회에 이바지하지 않으면
돈을 벌지 못하고 자아실현을 하지 못하면

그것은 직업도 아니라는 것
옛날 시험 감독을 하며 잠깐 엿본 시험 문제
보편적인, 너무나 보편적인
―사람은 왜 직업을 갖는가

참새

미국에서 캐나다로 넘어가는
국경 초소 지붕 밑에서 보았던 참새

마하트마 간디 기념관으로 가는 뉴델리의 한 골목
음료수 한 병 사 가지고 나오다
구멍가게 앞에서 만났던 참새

두 참새 모두
고향 집 처마 밑에 집 짓고 살던 참새의 후손

KBS 뉴욕 특파원 마이크 옆
길바닥에서 통통거리며 모이를 쪼던 참새는
소래 염전 소금 창고에 집 짓고 사는 참새와 한 집안 참새

라스베이거스 가는 길 작은 식당 한국어 간판처럼
LA 골목 작은 분식집에 앉아 있던,
부모 따라 이민 온 다섯 살 꼬마 아이처럼
눈물 날 듯 쓸쓸한 낯익은 참새

폭염의 레임덕

무소불위 세력을 확장하던 폭염도
집권 말기 몸 사리는 기미가 역력하다
에어컨을 끄고 경계심을 늦춰도
반격을 주저하며 멀리서 머뭇거리기만 한다
아침저녁 레임덕이 확연하더니
점차 한낮 대로에서조차 절룩거리기 일쑤다
지난 폭염과의 전쟁을 무용담으로 나누며
사람들은 발 빠르게 가을 채비에 분주하다
폭염의 세력권 안에 있던 만물은
머지않아 일제히 동장군의 휘하에 들고 말리라
이 폭염 속에 얼마 전엔
시인 하나 또 황망히 세상을 떠났다
시인이 떠난 후 조석으로 부는 선선한 바람
시인도 다 어리석은 구석이 있지만
가까이 오고 있는 천고마비의 계절을 못 본 체하고
그렇게 서둘러 떠날 게 뭐람
폭염과 혹한 다 이승의 일인 것을
한 형, 그곳에선 부디 오래 꽃철만 사세요

제3부

먼 것이 참 많다

병원 즐기기

어려서 학교를 즐겼다면
지금쯤 빛나는 내가 되어 있을 것이다

우물쭈물 학교를 다닌 내가
이제 늙어 병원엘 드나들고 있다

옛날의 실수를 다시 하지 않기 위해
병원 백 배 즐기기를 실천할 것이다

마지못해 병원엘 가거나
지각 결석을 밥 먹듯이 하진 않을 것이다

소풍 가듯 병원엘 가고
보물찾기하듯 병을 찾아낼 것이다

아, 즐거운 소풍 신나는 보물찾기
역류성 인후두염 오늘 또 보물 하나 찾았다

나의 산책로

수백 번도 더 오가는 이 길
이 길엔 지금 팔월 하순의 바람이 불고
작년 이 무렵과 다를 바 없는 팔월이 다 가고 나면
예년과 별반 다르지 않은 구월의 바람은 불어오리라

눈길 끄는 것도 흥미로울 것도 없이
멀리 송전탑이 보이고
해당화 꽃길 옆으로 갯고랑 이어지고
때맞춰 들어왔다 나가는 밀물과 썰물의 단조로움 속에서

매번 이 길로 나서서 걷는 것은
해당화 금빛 열매 익어가는 까닭이고
한겨울 빈 가지에 개개비 둥지
작은 새의 먼 비행을 그려볼 수 있기 때문이다

태풍에 쓰러졌던 어린 나무들 몸을 일으켜
늠름하게 장정 나무로 도열한 까닭이고

선량한 이웃들 사시사철 이 길을 걷고 있기 때문이다

매점 하나 있는 반환점까지 갔다 오면
만보기가 칠천 보를 가리키고
쉼터에서 비둘기들에게 모이 한 줌 뿌려줄 수 있기 때문
이다
무엇보다 이 길을 따라 제일 먼저 봄이 오기 때문이다

먼 것이 참 많다

견우와 직녀 기다리는 칠월칠석처럼
여우가 따지 못한 포도처럼

버스를 타고 비행기를 타고
콜카타 국제공항에서 택시로 하우라역
다시 기차를 타고 산티니케탄 타고르 박물관 가는 길처럼

줄 끊어진 연을 따라
논두렁 밭두렁 눈 덮인 벌판 달려갈 때처럼
30킬로미터 굽이굽이 전방부대 행군처럼 먼 것이 참 많다

아버지 대신 나를 길러준 할아버지는
손자가 다 크기도 전에 먼 길 떠나시고
그래, 네 나무의 열매가 잘 익었구나, 좋아하고 계실까

통일을 이루라고 열변을 토하던
초등학교 교감 선생님 카랑카랑한 목소리
그 38회 졸업식에서 우리들은 통일의 노래를 불렀는데

교감 선생님, 통일은 아직도 멀기만 합니다

사월 하늘에 아름다운 노랫소리
까마득히 높이 떠 봄날을 노래하던 종달새처럼
세상엔 먼 것이 참 많다

취한 밤

멀리 소래 포구 인근에서
아우라지 강변으로 시인 하나 찾아왔네
저녁 식사를 같이 하자고
술도 한잔하자고 전화가 걸려 왔네

땅거미 내리는 저녁 무렵
반주로 옥수수 막걸리 한잔하고
치킨집으로 옮겨 밤늦도록 소주를 마셔도
산간 맑은 공기에 취하지 않네

엊그제 장맛비에 강물 불어나 흘러가고
우리는 경쟁적으로 시인들을 호명했네

문성해 시인이 불려 나오고
유병록 시인이 박수갈채를 받으며 등장하고
최두석 시인이 어느새 좌장으로 합석했네

강 마을 여름밤은 깊어만 가고
아우라지 강변 선술집에서
시와 시인에 취해 이슥도록 술을 마셨네

전철 경로석에서

어린 손녀를 데리고 전철에 오른 할아버지
경로석 앞에서 잠시 머뭇거리다 앉는다
손녀가 앉으려고 하니까
여기는 할아버지 할머니가 앉는 자리란다

의자 옆엔 작은 안내판
지팡이를 짚은 사람 배가 불룩한 사람
목발을 짚고 있는 사람 아기를 안고 있는 사람

전철은 철커덕 철커덕 달리고
경로석 앞에 서서 아이는 연실 스마트폰을 매만지고
앞좌석에 앉아 있던 나는
거기 할아버지 옆에 앉아라, 하려다 그만둔다

규범을 어기라는 말이 될 수도 있으니까
공중도덕을 잘 지키는 어린이가 되어야 하니까

아이는 빈 좌석에 엉거주춤 엉덩이를 붙이고

핸드폰을 매만지다가 얼른 다시 일어선다

화창한 봄날 오후 경로석엔
지그시 눈을 감은 할아버지와 봄 햇살이 나란히 앉아 가고
어린 손녀는 서서 흔들리며
철커덕 철커덕 내일을 향해 달려가고 있다

하얀 정물

자전거 타는 사람
벌판 끝까지 달려갈 동안
걷는 사람 연꽃 공원 한 바퀴 다 돌 동안
푸른 갈대밭 사이에
희끗한 것
움직이지 않는 것
하얀 스티로폼 같기도 하고
바람에 날려 간 손수건 같기도 한
갯고랑 옆 갈대밭에
꼼짝 않고 있는 하얀 정물
가던 길 멈춰 손차양을 만들어
한참 동안 바라보던 그때
눈 깜빡할 새
불쑥 솟아오른 대가리
하얀 것의 정체도 드러나
다시 심심해진 산책길
저쪽 갯고랑 다리께로 가서
밀려오는 밀물이나 보아야겠네
무리 지어 올라오는 숭어 떼나 보아야겠네

처서 무렵

푹푹 찌던 폭염의 기세가
미묘하게 바뀌는 걸 요즘 들어 느끼네
34도 안팎이던 기온이 30도 안팎으로 떨어지더니
오늘 낮엔 27도까지 내려갔네

나뭇잎 흔들리는 모양이 작별을 예감한 듯하고
무한정 에너지를 발산하던 태양도
주춤거리는 기색이 그 햇살에 묻어나고 있네

바람과 나뭇잎 사이 열매들도
높고 파란 하늘을 배경으로 철이 들어 의젓하고
새들도 계절의 기미를 알아차린 듯 사뭇 분망해졌네

세상을 폭정으로 지배하던 점령군에게
모든 권력 이양하고 철수하라는
준엄한 명령이 떨어질 날도 이제 곧 당도하겠네

여드레

바라보는 것만으로도 차마 섭섭하여
곁눈질로 곁눈질로나 아우라지 강물 바라보며

이삭이 막 패기 시작한 수수밭을 지나
그날이 오면 떠나야 할 그날이 오면
저 강물 짐짓 모른 체하고 저 한길로 나서지 않겠는가

여름내 머물렀던 나그네 떠나거나 말거나
무심하게 흐르기나 할 뿐인 저 강물은
천리 길 따라와 노을 비낀 소래포구 바닷길 걸을 때
곁에 와 반짝이며 흐르기도 하리라

징검다리 지나 강둑길에 서서
흐르는 강물 무심히 바라보며
섭섭한 마음 지레 다 치러내고나 있다

정선 오일장에나 잠깐 다니러 가는 듯

예삿일처럼 그렇게 작별이나 하려고
떨어지지 않는 발길 미리 다 풀어내고나 있다
떠나려면 아직 여드레나 남았는데

과일 이야기

사시사철 제철 과일에 빠져 지낸다
어렸을 적 마음껏 먹지 못한 그 결핍으로
실컷 먹는 것이 또 하나 못 이룬 꿈이 되었다

농산물 도매시장이 가까이에 개장한 이후
수시로 들러 제철 과일을 산다
형편에 맞는 걸 찾기 위해 시장 구석구석 돌기도 한다

한두 끼니 옥수수나 과일로 때우는 것도 예삿일
올핸 50개 단위로 옥수수도 세 번이나 주문했다
고향 집 텃밭 옥수수 맛에 길들여져
늘그막에 그 추억과 향수를 먹는 것이다

내가 좋아하는 송산 포도와 영천 머루포도
앉은 자리에서 몇 송이 먹기도 한다
탐스러운 포도를 먹으며
일손이 모자라 애태우는 포도밭 주인을 생각하기도 한다

점심때

고양이가 먹다 남긴 밥 까치가 먹고
까치가 남긴 밥 참새가 와서 먹는다

스님이 고양이에게 먹을 것을 주어
고양이는 맛있게 점심을 먹고
까치와 참새도 배부르게 한 끼를 때웠다

모두 식사를 마치고 난 후
스님은 선방에 들어 오수에 들고

고양이는 그늘 찾아 뒷산으로
까치와 참새 동무 찾아 아랫마을로 갔다

김사차 씨

우리 동네 마실 방엔 사차 씨가 마실 온다
술 잘 먹고 재미있는 사차 씨

어느 날 넌지시 물었구면
한자로 성함을 어떻게 쓴다요

넉 사에 버금 차
사차(四次) 씨 말에 하하하 폭소를 터트렸네

사차 씨 아버님은 한문에 조예가 깊으신가 봐
멋과 풍류가 넘치는 분이신가 봐

사차 씨 고향은 전라도 고창
풍천 장어 구워놓고 소주 한잔 해야 쓰겠네

그 이름에선 국화꽃 향기가 나지
육자배기 노랫가락 흘러넘치지

사차(四次) 씨와 술을 먹으면 사차(四次)까진 가야 해
일 잘하고 술 잘 먹는 우리 동네 사차 씨

답게

점심을 먹고
그늘에 앉아 커피를 마시려는데
고양이 두 마리가
장미 울타리 그늘에서 교미를 하고 있다

장미꽃 피어 있고
꽃가지 사이로 참새 몇 마리 신명 나서 오르내리고

교미를 끝낸 검정 고양이
종종거리며 저쪽 담장으로 건너가고
얼룩 고양이 배를 쭉 깔고 장미 그늘에 엎드린다

길고양이 두 마리
고양이답게 연애하는 봄
참새는 참새답게
장미는 장미답게
뻐꾸기는 뻐꾸기답게 봄, 봄봄

당신도 재벌이 될 수 있다

이십 루피*에 한 끼 식사가 해결되는 곳
가난한 로터 가게 막내딸에게
당신은 천 루피를 팁으로 줄 수도 있다
남들은 걷지만 당신은 삼십 루피에 오토릭샤를 탄다

오천 루피를 인출해
백 명의 아이들에게 학용품을 선물할 수도 있다
재벌은 그러나 펑펑 돈을 쓰지 않는다
통장에 들어 있는 재산이 든든할 뿐
사탕수수 주스 한 잔도 허투루 사지 않는다

부자가 되고 싶으면 샨티니케탄**으로 가라
타고르 시인의 장미밭이 있는 곳
일 루피에 아이들이 행복한 웃음을 짓는 곳
한 달을 살면 한 달, 일 년을 살면 일 년 당신은 재벌이다

재벌에게도 시절은 봄날처럼 간다
귀국 비행기 트랩을 오르자마자

당신은 다시 학비를 걱정하는 중년의 월급쟁이
아파트 융자금에 허리가 휘는 비정규직 가장

언제든지 다시 재벌이 되고 싶으면 인천공항으로 가라
열 시간 후면 금세 재벌이 될 수 있다

* 루피 : 인도 화폐로 1루피는 대략 16원(2023년 기준).
** 샨티니케탄 : 인도 동북부의 도시. 타고르 시인이 집필 활동을 하고
학교를 세워 교육사업을 한 대학도시.

제4부

못다 한 숙제

모과가 익어갈 무렵

우리 사위 최고라고
침이 마르도록 칭찬하던 장모님이
더 이상 사위라는 말을 입에 올리지 않을 때

매형 매형 부르던 사람들이
형수님 형수님 하며 명절 상에 둘러앉던 사람들이
더는 매형이라고 형수님이라고 부르지 않을 때

엄마 아빠 따라다니며 자란 아이들이
훌쩍 커버린 아이들이
엄마 아빠를 이해한다며 애써 어른스러워질 때

열매를 위해 꽃은 진다
매형과 형수님이 떨어진 자리엔 어떤 꽃이
엄마 아빠 떨어져 나간 자리엔 어떤 열매 열리는지

꽃밭처럼 어우러졌던 사람들이
다정하게 서로 부르던 사람들이
명절 상에 둥글게 둘러앉던 사람들이

못다 한 숙제

이제 아들도 노후에 들고
어머니의 고향에 어머니는 계시네

꿈속에서조차 뵙지 못한 이십칠 년
생존해 계시다면 올 연세 아흔아홉
지금 곁에 계시어도 좋을 1924년 갑자생

어렸을 적 나는 숙제를 하고
등잔불 아래 어머니 바느질을 하시고
바느질감을 손에 든 채 깜빡 잠이 들곤 하셨다

나는 토끼와 닭을 키우고
어머니는 논농사 밭농사에 고단하셨다

버크셔가 새끼를 낳던 그해 봄
어머니와 나는 밤낮으로
돼지우리로 달려가 들여다보는 게 낙이었다

임인년도 어느덧 만추
등잔불 아래 지금도 어머니는 바느질을 하시고
나는 옆에서 못다 한 숙제를 하고 있다

소풍이나 가듯

내 문학상 소식을 듣고
SNS에 길게 축하 댓글 달았던 아우
친구들과 술 한잔 하기에도 부족한 상금이라며
유쾌한 농을 섞어 축하해주더니,
건넌방에 물건이나 가지러 가는 듯
동네 시장에 잠깐 물건이나 사러 가는 듯
주변 잘 정돈하고
영정사진도 미리 마련해놓고
어느 날 홀연 떠난 아우
저승과 이승이 맞닿아 있어
한 발자국만 내디디면 저승인 것을
생사를 초월한 듯
늘 유쾌하고 여유로웠던 아우의 목소리
옆에선 듯 다 들리는 이승과 저승
경치 좋은 곳으로 소풍이나 가듯
고향으로 돌아가 새로운 꿈을 펼치듯
할아버지 할머니 곁으로

큰아버지 큰엄마 계신 곳으로

먼저 떠난 형제들 먼저 가 있는 곳으로

* 함께 자란 사촌 아우가 2022년 겨울 영원한 안식에 들었다.

균열의 조짐

A박사는 B여사의 맏사위다
아메리칸드림을 안고 건너가 자리 잡은 후
아내를 데려가 네 자녀를 낳았다

장모님을 모셔가고
처제와 처남들 차례로 불러들였다

삼십여 년이 지나
성공의 소식만 들려오던 A박사의 이혼 소식이 들려왔다

B여사는 사위 자리를 내려놓고
처제 처남들 형부와 매형의 자리를 비워놓았다

이국땅 어디쯤에서 시작된 균열의 조짐
오래 유지되던 질서는 분주하게 재편되고

낯선 것에 익숙해지던 세월은
익숙하던 모든 것을 다시 낯설게 돌려놓고 있다

봄길

저 복수초는
작년 봄의 것과는 다른 복수초

기다림과 외로움도
지난해의 것과는 사뭇 다른 것

마늘 밭에 마늘 싹 다시 움트고
동갑내기 시인 떠나보내고 다시 맞는 봄

산책길 옆 새로 돋는 어린 연잎도
다른 세월 속에서 돋아난 연잎

국밥집에 들러 앉아 있어도
지난해 같이 갔던 그 국밥집 아니고

꽃구경하며 봄길 걸어도
함께 걷던 공원 그 봄길 아닐세

단발머리

그날 금호동 로터리를 돌아 세탁소 골목을 지나 이층집이 보이는 언덕으로 올라가는 내 모습을 본 것은 일찍 나와 서성이던 초저녁 별밖에는 없을 것이다. 울창한 정원수에 가려진 이층집엔 한 소녀가 살았는데 열여덟 살 단발머리가 세상에서는 제일 곱고 눈빛은 춘향이의 것만 하고 플라타너스 잎새가 바람에 흔들리던 초가을 저녁 무렵이었다.

인간 세상엔 설명할 길 없는 사정은 또 있는 것이어서 그날 이후 나의 청춘은 벼랑으로 굴러떨어지고 가까스로 남아 있는 기억 하나가 그녀의 이름이었는데 그것이 이승에서의 인연의 전부였는데, 까마득한 시간이 흘러 저만치 낯익은 별 하나 지상에 빛나는 게 보였다. 반백이 된 그녀의 머릿결과 예전엔 본 적 없는 환한 미소를 사진으로나마 보게 된 것도 그 연결고리에서 비롯된 것이었는데 그녀는 그렇게 지상의 한 모퉁이에서 빛나고 있었다.

앞으로도 쭈글쭈글하고 온통 백발이 된 그녀를 또 보게도 되겠지만 그때에도 그녀는 중후한 지성의 미를 간직한 채

열여덟 살의 청순한 단발머리를 아주 잃지는 않을 것이다. 가끔 그녀의 소식을 접할 때마다 열여덟 살 적 단발머리를 떠올려보는 일도 이승에서는 아직 더 남아 있는 것이다.

죽마고우

내 친구가 사는 마을엔 높은 산 맑은 물도 없어서 심심한 때에는 출입문 밖 낡은 의자에 나앉아 가난한 집 울타리를 타고 오르는 호박 넝쿨이나 바라보고 있는 것이다. 몇 마디 지저귀다가 이웃집 나뭇가지로 훌쩍 날아가버리는 이름 모를 새를 바라보거나 과일 트럭이 한바탕 소란을 피우다 골목을 빠져나가는 광경을 저만치 바라보는 게 고작이다.

웅장하고 고색창연한 역사의 유적이 남아 있는 곳으로 유람하고 싶은 마음이 없는 건 아니지만 바닷가 작은 마을을 찾아가 저녁노을이 고운 바다라도 한동안 바라볼 여력도 친구에겐 없는 것이다. 크고 높고 화려한 꿈은 어렸을 적에나 꾸는 것이어서 이제 친구의 꿈은 작고 소박하고 알뜰한 것으로 바뀌었는데, 그 소박한 것 중의 하나가 늦둥이 외동아들이 장가를 가서 제 밥벌이를 하는 것과 남에서 북으로 북에서 모스크바로 힘차게 내달리는 열차를 텔레비전 화면으로나마 보는 것이다.

오후가 되어 그늘이 조금씩 옮겨 앉는 담장 밑으로 고양이 한 마리 어슬렁거리며 걸어가고 초록빛 마을버스가 마을을 한 바퀴 돌고 뒤뚱거리며 골목을 빠져나가는 길모퉁이에도 성큼 가을은 다가와 있다. 허름한 이발소 담장을 따라 한두 송이 피어 있는 가을장미를 바라보며 친구와 나는 또 이승의 한때를 두서도 없이 어릴 적 얘기를 주섬주섬 꺼내보곤 하는 것이다.

인천대공원

열세 마리 새끼 오리와 어미 오리가
헤엄쳐 다니는 인천대공원

시골 학교 동창생을 만나
만의골 보리밥집으로 점심 먹으러 가던 인천대공원

부엉이와 독수리를 보고 나서
타조의 눈동자를 오래 바라보던 인천대공원

벤치에 놓았다가 깜빡 모자를 잃어버리고
그 모자 지금 어디 있나 속상해하며
다시 찾아가 앉아 있던 인천대공원

공원길 걷다가 소래산 올려다보며
언제까지 저 산 오를 수 있을까
나이를 생각해보는 인천대공원

전기스탠드를 버리며

건전지가 없으면 트랜지스터라디오 쓸모없고
열쇠 없는 자물쇠는 무용지물
짝이 없으면 목숨을 송두리째 버려야 할 때가 있다

애석한 마음으로 전기스탠드와 헤어진다
수명 다한 형광등을 다시 찾지 못했다

이십여 년 함께하며 이사할 때마다 늘 같이 다녔는데
언제나 충직하고 단아했던 그 모습
더 오래 함께하려고 백방으로 수소문했는데

분리수거장 앞에 서서
한참 동안 말을 잃고 서 있었다
유씨 부인의 조침문을 생각했을 것이다

그리고, 애완견을 떠나보내고 펑펑 우는 사람에게
사람도 다 떠난다는 말을 해주던
그 할머니를 생각하며 겨우 내려놓을 수 있었다

불새

나는 밤을 새워 연애편지를 쓰고
나의 동무는 그걸 또 전해주고
철부지 소년에게선 고독한 성자의 냄새
높고 푸른 가난의 냄새

좀 더 노다지의 향기
옴파탈의 멋으로 활보했더라면
짝사랑의 기억만 이렇듯 무성하진 않았을 텐데

청춘은 가뭇없이 가고
불멸의 꽃 한 송이 피우지 못한 것은
저승으로 가지고 갈 귀한 선물 하나 마련하지 못했다는 거

어느새 황혼이 깃들고
미진한 사랑도 사랑이 아닌 건 아니어서
지난날이 저녁노을로 붉게 타오르고
불새 한 마리 그 불길 속으로 회한처럼 날아들고

유예(猶豫)

제비꽃 피면 그때 만나요
산천에 꽃 피면 식사 한번 해요
봄빛 완연하면 술 한잔 합시다

지난 계절부터 만남은 유예되었다
날씨가 추워 만나지 않은 것도 아니면서
눈이 쌓여 술 한잔 못 한 것도 아니면서

혼자 겨울 벌판 거닐며
바닷바람에 옷자락 나부끼며
우리의 만남은 유예되었다

유예된 모든 것 한꺼번에 실행되듯이
논두렁까지 봄빛 흥건하고 지천으로 꽃 피었지만
유예된 만남은 성사되지 않았다

만약에

만약에 어머니가 유언을 남기셨다면
아무런 유언도 없이 돌아가신 어머니가
전화라도 한 번쯤 걸어와 말씀을 하신다면

네가 어미의 마음을 어찌 다 알겠느냐
나 또한 네 마음을 어떻게 모두 알겠니
나는 나의 인생을 살았고
너는 또 너의 인생을 살고 있는 것 아니냐
네가 혹 이 어미를 불쌍하게 생각할지 모르나
나는 나대로 꿈과 소망을 살았구나
나는 늘 너를 가엾게 생각했지만
너는 용감하게 네 길 개척하며 걷지 않았느냐
죽은 어미 생각 많이 하지 말고
네 인생 가꾸기에 전념하여라
나도 은혜롭게 한평생 살았단다
네 아비는 또 네 아비의 인생을 산 것이니
아비의 마음을 잘 헤아리기 바란다

하늘도 뜻이 있어 네 아비의 길 마련했을 것이니
비록 이미 떠났지만 네 아버지가
네 아버지의 길을 가도록 기도라도 해드려라

뻐꾹 뻐뻐꾹

뻐꾹 뻐꾹
지척에서 들려오는 소리에
아기 뻐꾸기 금세 눈시울이 뜨겁다

그냥 살아라
없는 셈 치고 너 살 궁리나 해라
고모 오목눈이가 옆에서 다독거린다

멀쩡히 살아 있는 엄마를 두고
어떻게 없는 셈만 치고 살아야 하나요

뻐꾹 뻐뻐꾹
저만치 날 부르는 목소리
엄마도 애타게 날 찾고 있잖아요

이 집이 너의 집이지
너의 엄마가 어디 따로 있다고 그러느냐

뻐꾹 뻐뻐꾹

뻐꾹 뻐뻐꾹

아기 뻐꾸기 들으라고 뻐꾹 뻐뻐꾹

* 탁란을 하는 뻐꾸기는 붉은머리오목눈이 둥지에 알을 낳는다.

오늘 내가 있는 자리

　직장에서 물러나 옛 직장을 멀리 회상하고 있는 자리 혹독한 겨울을 이겨내고 부풀어 오르는 목련꽃 봉오리를 저만치 내다보고 있는 자리 종달새가 높이 떠 노래 부르던 오래전 풍경을 떠올려보고 있는 자리 미투가 회오리바람으로 몰아치다가 조심스럽게 펜스룰이 대두되다가 모두 근신하는 분위기가 팽배한 자리 시인도 연출가도 명배우도 대권 후보도 한순간에 맨바닥으로 나가떨어지는 자리

　오래된 비리와 권력형 부정부패가 역사의 한 페이지에 자리 잡기 위해 서서히 수면 위로 모습을 드러내고 여전히 세상은 아름다울 수 있는 자리 성스러울 수 있는 자리 적폐 청산 정치 보복 두 목소리가 자웅을 겨루는 사이 두 전직 대통령이 구치소에 수감되는 역사적인 순간이 생중계되는 광경을 온 국민이 지켜보고 있는 자리 만반의 태세를 갖추고 남북의 지도자가 평화의 집에 마주 앉을 날짜를 기대 반 우려 반으로 온 국민이 지켜보고 있는 자리 북미의 지도자가 마주 앉기 위하여 저만치 대기하고 있는 자리

　해마다 혼인율이 떨어지고 출산율이 반 토막 나고 희망을

가장한 봄이 개나리 울타리 곁으로 서서히 다가오고 있는
자리 동백꽃이 뚝뚝 피를 흘리며 떨어지고 전쟁이 휩쓸고
간 자리에도 희망은 다시 솟아나고 태풍이 몰아쳤던 폐허에
도 꽃은 다시 피어나고 여전히 아름다울 수 있는 자리 성스
러울 수 있는 자리 2018년 3월 바야흐로 꽃 피는 어느 봄날
오늘 내가 있는 자리

잘 빚어진 항아리

오민석

1.

미국 신비평의 대표적 주자였던 클리언스 브룩스(C. Brooks)는 시를 "잘 빚어진 항아리(The Well Wrought Urn)"라 불렀다. 이는 물론 내재적 비평을 중시했던 그가 유기체로서 시-텍스트의 내적 완결성을 강조하기 위해 쓴 말이지만, 최일화 시인의 시에도 고스란히 적용된다. 시집 제목에서도 드러나듯이, 그는 세계의 "북적이는 찌꺼기들"을 정련하여 단정하고 아름다운 시를 만들어 낸다. 마치 도공이 거친 흙을 주물러 격정과 혼란을 다 걸러내고 잘생긴 항아리를 빚어내듯 그는 삶의 소란스러운 바람들을 잠재우고 그 안에서 잘 정제된 언어를 골라낸다. 그의 시들은 온갖 사연 가득한 현실을 대빗자루로 잘 쓸어낸 후의 깨끗한 마당처럼 정결하다. 그의 시를 읽는 것은 잡것을 다 털어낸 후의 타작마당을 보는 것 같고 가면으로 가득 찬 축제가 끝난 후 깨끗이 정리된 거리를 걷는 것 같다.

창 앞에 꽃병
색색의 꽃들로 화사하다

꽃병을 치우자
빛깔과 향기가 우르르 따라간다

창 앞이 환하다
아무런 빛깔과 향기도 없다

창의 자리에 혼자 있는 창
비로소 창은 창이 되었다

—「창과 꽃병」 전문

이 작품은 시인이 세계를 바라보는 방식을 잘 보여준다. 먼 고대로부터 철학자들은 눈에 보이는 것이 세계의 본질이 아니며, 오히려 가시적인 것이 비가시적인 것의 본질을 가린다고 생각해왔다. 그러므로 그들에게 세계를 인식한다는 것은 본질을 가리는 허깨비들을 하나씩 지워나가는 것이었으며 그런 어지러운 껍데기들 너머의 본질을 찾는 것이었다. "창"을 제대로 보지 못하게 하는 것은 그 앞에 놓여 있는 "꽃병"과 그것에서 나오는 "빛깔과 향기"이다. 세계는 이렇게 온갖 잡다한 것들의 총계와 함께 주체 앞에 온다. 장식이 많을수록 대상은 잘 보이지 않는다. 내용물보다 훨씬 화려한 포장은 표피/깊이의 이원론을 파괴한다. 중요한 것은 껍데기가 아니라 내용물이라는 공리는 초라한 외피의 논리가 지속될 때만 가동된다. 창보다 그 앞에 놓여 있는 꽃병이 보기에도 더 좋고 더 아름다운 향기가 날 때, 창은 보이지 않는다. 이른바 표피/깊이의 전복이 일어나는 것이다. 창을 보려면 화려한 장식과 껍데기에 현혹되지 않아야 한다. 마음의 손길이 그런 것들을 치워버릴 때 비로소 창이 보인다. 시인은 장식의 배후에 있는 진실, "창의 자리에 혼자 있는 창"을 보기를 원한다.

> 우수마발이 다 시가 될 수 있지만
> 그냥 시가 되는 것은 아니고
> 한 그루 모란의 뿌리가 봄을 만난 듯해야 비로소 시가 된다
>
> 우주에 우주 쓰레기가 가득하듯이
> 시인 안에 북적이는 찌꺼기들
> 시가 될 수도 있었는데 끝내 되지 못하고
> 머리에서 가슴으로 어지럽게 날아다니는 것들
>   —「시인 안에 북적이는 찌꺼기들」 부분

표제작이기도 한 이 작품에서 독자들이 포착할 수 있는 것은 바로 "찌꺼기들"에 대한 시인의 민감한 의식이다. 시인이 볼 때 세계는 소의 오줌과 말의 똥("우수마발")으로 뒤덮여 있다. 그것들은 그 자체 세계이자 세계의 구성물들이다. 그러나 (하이데거식으로 말하자면) 이것들은 '비본래적인 것'들로서 존재를 은폐한다. 최일화에게 있어서 시인이 시를 쓰는 행위는 존재를 은폐

하는 이 "북적이는 찌꺼기들"을 걷어내고 본래적 존재를 '탈은
폐'하는 것이다. 하이데거가 '존재 사건(존재 진리의 발생 사건)'이
라 부른 이 작업이야말로 최일화가 하는 일이다.

견우와 직녀 기다리는 칠월칠석처럼
여우가 따지 못한 포도처럼

버스를 타고 비행기를 타고
콜카타 국제공항에서 택시로 하우라역
다시 기차를 타고 산티니케탄 타고르 박물관 가는 길처럼

줄 끊어진 연을 따라
논두렁 밭두렁 눈 덮인 벌판 달려갈 때처럼
30킬로미터 굽이굽이 전방부대 행군처럼 먼 것이 참 많다

…(중략)…

통일을 이루라고 열변을 토하던
초등학교 교감 선생님 카랑카랑한 목소리
그 38회 졸업식에서 우리들은 통일의 노래를 불렀는데
교감 선생님, 통일은 아직도 멀기만 합니다

사월 하늘에 아름다운 노랫소리
까마득히 높이 떠 봄날을 노래하던 종달새처럼
세상엔 먼 것이 참 많다

　　　　　　　　　　　　　　　—「먼 것이 참 많다」 부분

걷어낼 것을 다 걷어내면 존재가 보인다. 그렇게 해서 시인
이 들여다본 "세상엔 먼 것이 참 많다". "먼 것"이란 도달하거나
성취하기 어려운 것을 말한다. 설화("견우와 직녀")나 우화(여우와
포도 이야기)에도 그런 이야기가 나오니 세상의 이런 원리는 매
우 오래되고 보편적인 것이다. 그렇다면 도대체 도달하기 어
려운 것이 많아서 무엇이 어떻다는 말인가. 논평이 생략되어
있지만 위 시에서 언급된 예들은 성취하기 어렵고 힘들지라도
하나같이 그립고, 정겹고, 가치 있는 일들이다. 그리하며 시인
은 매우 우회적으로 다음과 같이 말하고 있는 셈이다. 이 세상
엔 멀지만 가야 할 길이 있다고. 그리고 비록 멀지라도 그 길을
가는 것은 참 아름다운 일이라고. 그리고 시인이 생각하는 '멀
지만 아름다운 길'은 개인적인 것뿐만 아니라 사회·역사적인
일들도 있다고. 김수영 시인처럼 "자유에는 피의 냄새가 섞여"
있다고 노골적으로 말하지 않더라도, 사월이면 "까마득히 높
이 떠 봄날을 노래하던 종달새"가 있고, 그것이 꿈꾸는 세계는
아직도 도래하지 않았다고.

2.

최일화는 현실이라는 화면의 먼지나 안개를 걷어내고 그야
말로 '본래적'이라고 이야기할 수밖에 없는 것을 자주 포착해
보여준다. 눈앞에서 벌어지는 모든 현상이 다 중요한 것이 아
니므로 이런 작업이 불가피하겠지만, 그는 사람들이 쉽게 잊

는 그러나 세계가 가동되는 원리라고 할 수 있는 보편적 질서
를 잘 잡아낸다.

고양이가 먹다 남긴 밥 까치가 먹고
까치가 남긴 밥 참새가 와서 먹는다

스님이 고양이에게 먹을 것을 주어
고양이는 맛있게 점심을 먹고
까치와 참새도 배부르게 한 끼를 때웠다

모두 식사를 마치고 난 후
스님은 선방에 들어 오수에 들고

고양이는 그늘 찾아 뒷산으로
까치와 참새 동무 찾아 아랫마을로 갔다

—「점심때」전문

이 시는 단순하기가 마치 아무런 장식도 무늬도 없는 광목천
같다. 비단처럼 화려하지도 요란하지도 않지만, 이 시는 마치
담백한 무명천에 한가롭게 내리쬐는 햇살처럼 따스하고 맑다.
"점심때"라는 단순한 제목, 같은 먹거리를 중심으로 스님에서
고양이로, 고양이에서 까치와 참새로 이어지는 먹이의 연쇄
는 얼마나 정답고 평화로운가. 그곳에는 다툼도 경쟁도 없고
오로지 먹고, 주고, 남기는 그러고도 부족함이 없는 상태만 있
다. 누구도 먹을 것을 벌기 위해 애쓰지 않으며, 남에게서 먹을

것을 빼앗지도 않는다. 그들은 오로지 "맛있게" "배부르게" 먹고 각자 평안한 시간을 즐길 뿐이다. 식사를 마친 후에 선방에서 오수에 드는 스님, 그늘을 찾아 뒷산으로 가는 고양이, 동무를 찾아 아랫마을로 가는 까치와 참새는 다음 날을 위해 먹을 것을 쌓아놓지도 않는다. 다음 날에도 또 무상의 먹을 것이 순서대로 마련될 것이다. 도대체 지상에서 어떻게 이런 천국이 가능하냐. 시인은 없는 일을 공상으로 꾸며대지 않는다. 놀랍게도 이것은 한국의 어느 절집에서나 언제든지 있을 수 있는 흔한 일이다. 그러나 아무도 주목하지 않는 이 유토피아의 풍경을 시인은 놓치지 않는다. 저런 "점심때"를 인류는 오래도록 꿈꾸어왔지만, 그 길로 가는 길은 멀고도 멀다. 어쩌면 불가능처럼 느껴진다. 그러나 이는 현실에서 언제든 벌어지고 있는 흔한 일이니, 불가능이라 핑계를 대거나 포기할 수도 없다. 저 무명천처럼 소박하나 아무런 부족함이 없는 세계로 우리는 언제, 어떻게 갈 것인가.

점심을 먹고
그늘에 앉아 커피를 마시려는데
고양이 두 마리가
장미 울타리 그늘에서 교미를 하고 있다

장미꽃 피어 있고
꽃가지 사이로 참새 몇 마리 신명 나서 오르내리고

교미를 끝낸 검정 고양이
종종거리며 저쪽 담장으로 건너가고
얼룩 고양이 배를 쭉 깔고 장미 그늘에 엎드린다

길고양이 두 마리
고양이답게 연애하는 봄
참새는 참새답게
장미는 장미답게
뻐꾸기는 뻐꾸기답게 봄, 봄봄

—「답게」 전문

　세상의 모든 존재가 각각 자기"답게" 사는 것처럼 자연스러
운 일도 없다. 가장 자연스러운 상태에서만 주체는 무위(無爲)
할 수 있다. 무위와 자연이란 그러므로 인과율의 관계에 있다.
그런데도 '무위자연'의 상태를 간절하게 꿈꾸는 것은 인간에
겐 도무지 '자연스러운 상태'에 이르는 것이 너무 어렵기 때문
이다. 거꾸로 자연의 생물들은 자기답게 살지 않는 경우가 거
의 없다. 그들은 그들답게 살기 때문에 장미 울타리 아래에서
의 고양이들의 섹스는 너무나 자연스럽고, 그것을 보고 꽃가
지 사이를 신명 나게 오르내리는 참새도 아무런 문제가 되지
않으며, 보이진 않지만 멀리서 뻐꾸기가 무슨 짓을 해도 그것
은 자연이 명한 자연의 일이므로 아무런 문제가 되지 않는다.
섹스를 끝낸 얼룩 고양이가 "배를 쭉 깔고 장미 그늘에 엎드"리
는 모습은 선적(禪的)이기까지 하다. 제왕처럼 당당한 그의 태

도는 '자연스러움'에서 나온다. 최일화는 이렇게 가장 단순하지만 가장 아름답고 가장 이상적인 장면의 포착에 매우 능한 시인이다.

3.

가장 자연스러운 태도는 어깨에 힘을 뺄 때 온다. 인간의 어깨엔 너무 많은 것들이 줄줄이 얹혀 있다. 지식, 명예, 권력, 능력의 비자연스러운 덕목들로 치장하느라 인간은 고양이처럼 배를 쭉 깔고 장미 그늘에 엎드릴 수 없다. 꽃가지 사이를 신명나게 오르내리는 참새에게조차 빈틈을 보일 수 없으므로 인간은 무수한 검열의 두꺼운 옷을 입는다. 인간이 자연에 가장 가까울 때는 늙었을 때이다. 늙어 죽음에 가까워졌을 때 어깨의 힘이 서서히 빠진다.

내 친구가 사는 마을엔 높은 산 맑은 물도 없어서 심심한 때에는 출입문 밖 낡은 의자에 나앉아 가난한 집 울타리를 타고 오르는 호박 넝쿨이나 바라보고 있는 것이다. 몇 마디 지저귀다가 이웃집 나뭇가지로 훌쩍 날아가버리는 이름 모를 새를 바라보거나 과일 트럭이 한바탕 소란을 피우다 골목을 빠져나가는 광경을 저만치 바라보는 게 고작이다.

웅장하고 고색창연한 역사의 유적이 남아 있는 곳으로 유람하고 싶은 마음이 없는 건 아니지만 바닷가 작은 마을을 찾아

가 저녁노을이 고운 바다라도 한동안 바라볼 여력도 친구에겐
없는 것이다. 크고 높고 화려한 꿈은 어렸을 적에나 꾸는 것이
어서 이제 친구의 꿈은 작고 소박하고 알뜰한 것으로 바뀌었는
데, 그 소박한 것 중의 하나가 늦둥이 외동아들이 장가를 가서
제 밥벌이를 하는 것과 남에서 북으로 북에서 모스크바로 힘차
게 내달리는 열차를 텔레비전 화면으로나마 보는 것이다.

   오후가 되어 그늘이 조금씩 옮겨 앉는 담장 밑으로 고양이
한 마리 어슬렁거리며 걸어가고 초록빛 마을버스가 마을을 한
바퀴 돌고 뒤뚱거리며 골목을 빠져나가는 길모퉁이에도 성큼
가을은 다가와 있다. 허름한 이발소 담장을 따라 한두 송이 피
어 있는 가을장미를 바라보며 친구와 나는 또 이승의 한때를
두서도 없이 어릴 적 얘기를 주섬주섬 꺼내보곤 하는 것이다.

—「죽마고우」 전문

이 작품은 어깨의 힘들이 다 빠진 상태에서 무위자연의 상
태에 가까이 간 "죽마고우"의 아름다운 모습을 수채화처럼 보
여준다. 가난과 노화는 돈 들여 멀리 가야 볼 수 있는 것 대신
에 주위의 소박한 아름다움에 눈을 돌리게 한다. "높은 산 맑
은 물" 대신에 "울타리를 타고 오르는 호박 넝쿨"이나 "이웃집
나뭇가지로 훌쩍 날아가버리는 이름 모를 새들", "과일 트럭이
한바탕 소란을 피우다 골목을 빠져나가는 광경"이 친구의 마
음 창을 꽉 채운다. "웅장하고 고색창연한" 대서사 대신에 "작
고 소박하고 알뜰한" 소망이 친구의 마음 밭을 일군다. 친구에

겐 영웅의 권력도 없지만 영웅의 의무도 없다. 친구의 어깨는 세계사의 그 어느 영웅보다도 가볍다. 친구에겐 자신을 가릴 어떤 가면도 필요 없으며, 세계 앞에 자신을 뽐낼 대본도 없다. 그는 점점 더 "장미 그늘"의 고양이처럼 자유로워지고 있다. 첫 두 연이 겉으로는 친구의 노후를 쓸쓸함과 무력감으로 채색하는 것 같지만, 마지막 연을 보면 사정이 달라짐을 알 수 있다. 시인은 첫 두 연에서 보여준 쓸쓸함과 무력감이 사실은 어깨의 짐을 떨구어버린 자만이 가질 수 있는 무위자연의 경지임을 마지막 연의 풍경에서 자연스레 보여준다. 화려하지 않으나 아름답고 고요한 시골 마을의 풍경을 배경으로 "이승의 한 때를 두서도 없이 어릴 적 얘기를 주섬주섬" 나누는 죽마고우는 이미 그 아름다운 풍경의 일부가 되어 있다. 그들은 이미 유적 존재로서 인간의 품위를 뽐내지 않는, 그리고 뽐낼 필요도 없는 자연 그 자체이다.

> 바랑 하나 짊어지고 일주문 나설 때
> 절 마당에 가득하던 정적
> 나가고 싶은 마음과 눌러앉고 싶은 마음 다투다가
> 나가고 싶은 마음 따라 절집을 나온 사람
>
> 아주 떠나지는 못하고
> 마음 하나 절집에 두고 온 사람
> 나와서도 다시 들어가고 싶은 마음
> 다시 들어갈까 말까 망설이는 마음

옷자락에 그늘이 달라붙어 있어서
흘러가는 구름도 추스르지 못하고
청산의 바람도 그 그늘 달래주지 못해
절집 하나 둘러메고 정처 없는 사람

　　　　　　　　　　　—「절집을 나온 사람」 전문

　최일화는 마치 흐린 창을 닦아내듯 다중 다층의 복합적인 풍
경을 단순화한다. 그의 시는 찌꺼기들을 걸러낸 술처럼 맑다.
그는 가짜인 껍데기들을 귀신처럼 감지하고 그런 것들을 시
야 밖으로 밀어낸다. 그리하여 장식과 페르소나가 사라진 존
재가 말갛게 모양을 드러내는데, 그것을 담는 그릇이 바로 그
의 시이다. 위 시도 두 세계 사이에서 방황하는 마음의 풍경을
수묵화처럼 잘 그려내고 있다. 이곳을 나왔으나 저곳이 그립
고, 저곳을 향했으나 이곳을 찾는 마음의 불안한 지도를 시적
인 풍경으로 업데이트하는 것은 마지막 연이다. 흘러가는 구
름을 추슬러야 하지만 "옷자락에 그늘이 달라붙어 있어서" 그
것을 못 한다는 표현은 얼마나 아름다운 비유적 표현인가. "청
산의 바람도 그 그늘 달래주지 못"한다니, 그 그늘은 얼마나 깊
은가. "절집을 나온 사람"은 옷자락에 (세속의) 그늘을 달고 등에
는 "절집 하나 둘러메고" 정작 어느 곳으로도 가지 못하거나 아
니면 어느 곳으로나 가며 고통스러워한다. 문제는 어딜 가든
다른 곳이 정처(定處)로 부상한다는 것이다. 기실 "절집을 나온

116

사람"만이 아니라, 일상적 주체들의 삶의 여정이 대체로 이런 것이 아닐까. 육신의 늙음이 욕망으로부터의 해방을 가져오지만, 그 해방엔 이미 죽음의 터미널이 들어와 있고, 무위자연은 사실 처음부터 자연인 존재에게만 가능하다. 인생은 버릴 수 없는 그늘과 절집을 옷자락과 등 뒤에 달고 늘 "망설이는 마음"의 여정이 아닌가. 이 시집엔 이런 사유와 성찰이 댓돌 위의 신발들처럼 가지런하게 놓여 있다. 그것들은 무채색에 가깝도록 소박하지만 정갈하고, 일견 쉬워 보이지만 오랜 수행의 눈만이 도달할 수 있는 지혜를 담고 있다.

吳民錫 | 문학평론가 · 단국대 명예교수